몇 시간씩 생각하곤 해

몇 시간씩 생각하곤 해

초판 1쇄 인쇄 2017년 03월 16일
초판 1쇄 발행 2017년 03월 16일
지은이   최 류 빈
펴낸이   손 형 국
펴낸곳   해피소드
출판등록 2013. 1. 16(제2013-000004호)
주소   153-786 서울시 금천구 가산디지털 1로 168,
         우림라이온스밸리 B동 B113, 114호
홈페이지 www.book.co.kr
전화번호 (02)2026-5777
팩스   (02)2026-5747

ISBN 978-89-98773-23-6 03810

몇 시간씩 생각하곤 해

최류빈 **시집**

행복한 이야기 해피소드 HAPPISODE™

 **시인의 말**

내게 남은 것들을 곱씹어 보았다.
활자로 하는 발성법
썩어가던 낱말들이 빛나는 걸 보았다.
詩속에서 아직 어린 나는 무엇이든 되었다.
날개는 없지만 두 발로 하늘을 누비던 날에는
몇몇이 내가 우는 소리를 흉내 내기도 했었다.

.
.
.
.
.
.
.

절망 절망 구덩이 속에서 빠져 나와,
혹은
한 발쯤 걸치고 앉아
혀 밑에 돋아나는 언어들을 쌓는다.
가지치기를 해도 참을 수 없는 가려움
아,
삼키지 못하는 말들을
이제 그만 배설해야겠다.
당신이 좋아할는지 몰라도

차 례

1부_ 아리다고 말하기엔 조금 부족할지라도

시인의 말

2부_ 그래도 누군가 있었을 순간

3부_ 벽이 내게 기대어 섰다

1부

아리다고 말하기엔 조금

부족할지라도

항성

항성은 웬만해선 꺼지지 않는 불꽃이라 했고
나에겐 딱 네가 그랬다

타닥타닥 모닥불 소리를 내며 넌 내가 주위를 맴도는 거라
말했고
난 의미 없는 공전을 하며 네가 끌어들이는 거라 말했다
서로의 진술은 아귀가 맞질 않았고
그럴 때마다 빛나는 궁창 위에서 몇 번이나 우연히 열을 맞
췄다
유성우라도 쏟아지는 밤이면
기-일게 내빼는 별의 꼬리 한 움큼 묶어
너에게 관다발로 빛을 더하려 했었다

뜨거운 플레어에 삼켜지면서도
내겐 전신으로 분신하는 시간이 살가웠다
편련(片戀)은 열상, 온 신경으로 네게 질량을 내어 주면서도
소행성은 자신의 이름을 지우면서까지
하나의 몸체를 잇는 걸 달가워했다

빨간 루주를 바르며

삼가 고인(故人)의 명복(冥福)을 빕니다
근조화환은 아직 산 잎 틔우며 발악 한다

그는 굴렁쇠 꾼 이었다
팔팔 올림픽 세대라고 떠벌리며
양철 굴렁쇠, 온몸을 궁글게 말고 살았다
구르는 몸 속에 아이들을 담고
녹슬어 삐걱일 때 까지 굴렀다, 그렇게
조그맣게 말려가는 녹슨 꽃잎
젊은 고인의 입술 안에 불린 쌀 채우는 발인

그는 거리를 매우는 일인의 아해였다
정수리 위에 하얀 눈 내리면
어데 가서 털어낼 겨를도 없이
아주 온 동네를 몸으로 쓸어 담곤 했었다
어떤 날은 소독차의 희멀건 꽁무니 쫓으며
신발 밑창이 매일 닳는 날들, 천만하지만
젊은 고인에게 흰 천을 덮는다

영안실 묵직한 공기를 잔뜩 머금고
아이 손을 놓친 풍선처럼
꼬리를 출렁이며 유영할 준비 한다, 아주 누워서

뻐금거리며 아직 할 일이 남은 사람처럼
그는 그였다

떨리는 곡소리 어르고 달래며
문상객 처진 어깨 반죽하는 시간
생동하는, 빨간, 루주를, 바르며

각축전

우리는 표정을 지을 수 있습니다. 케케묵은 눈꺼풀 접어올
리고 긴 팔 내질러도
번들거리는 혀를 핵핵거리고 달그락거리는 식탁 위에서 부
딪히는 이 마름질해도
공로가 혁혁(赫赫)한 발바닥을 닦고 굳은 껍질을 탈피하고
더 단단한 신발 보강하는 게
그게 生이더냐 기예더냐? 그건 길쭉한 정오의 그림자에 대
고 아첨하는 일이라는 걸

모르더냐, 그게 달그락거리는 발굽을 달고 경주마로 차안대
차고 앞만 보고 뛰어도
입에 재갈을 물리고 참 우는 소리를 내 뱉어도 앞 다퉈 공
포(空砲)를 터뜨려도
아아— 거기 서서 팔짱끼고 망원 내려다보는 이 천막 밖으로
팝콘처럼 튀어나와
너끈하게 우승을 걸머지는 게, 무소의 뿔로 가던 게 넘어져
무릎에 생채기 나면
유선으로 나는 새의 군무 아래 드리운 암영대에 기생하는
우리, 그냥 다 잔나비로소이다 그게 넝쿨진 수풀 틈새에 오
지창 같은 손 끝 뻗는 게

미스 이상해 씨

투명 아크릴판 뒤에서
홍등가는 아니고 그게 제법 백화점 불빛 닮은 아래서
부풀어진 씨방 흔들며 웃는 표정 너를 봤어

나는 돈도 없고 빽도 없어서
욕망해도 인형 뽑기 방이나 전전하는 하루, 그 안에서
삼지창 크레인 아가미를 잔뜩 벌려도
약에 취한 듯 웃는 네가 때론
날 닮았다고 생각 했어
어디 소속사 사장님처럼 다리는 꼬지 않지만
다른 놈들을 요리조리 피해 너를 간택했고
너는 응당 초록빛 몸뚱이를 흔들어
내 손아귀에 꼭 맞는 몸집이 내게
몇 할의 쾌락을 주던

파리한 이파리
크레인 속에서 줄 하나 없이 하는 자유낙하
나는 찡그렸고 너는 웃겼어
너는 둥지로 돌아가 인형의 탑을 쌓았어
맨 아래에 깔린 놈에게서는 먼지 냄새가 났고
봉제 탑의 마루에 오른 너에게서는
두려움의 냄새가 났어

꾸깃한 천원 여남아 지갑에 도로 넣었어
이어폰을 꼽고 인파속에 섞여 취한 듯 흥얼거리면
뽑기 작동되는 것처럼 노래가 흘러
양 볼을 부풀리며
표독스러운 눈빛으로 뒤뚱거리는 궁둥이
흔들리는 걸음걸이와 머리맡엔 먹구름 그림자, 혹시 당신
내 정수리 위에 크레인을 드리우고 있었어?

가오나시)에게

얼굴에 분칠을 한 거야 난 창백한 네가 싫었고
별 관심조차 없었어 멍청한 걸음걸이에
장의사 수의를 입은 듯 펑퍼짐한 몸매

다트를 던지는 대학 축제날
귀여운 너 가오나시 인형 하나를 받았고
그걸 내 핸드폰에 걸어주었어

가오나시, 난 네가 싫었고
관심을 가져야 할 이유조차 없었던 걸
오늘부터 널 좋아하려 하는데
이의가 있다면 정중히 사양할게

싫었던 게 잠을 자고나니 좋아진 경험이 있어
단지 네가 좋아한다는 까닭으로
네 손이 살던 기억과
족적을 입히는 구간에 나를 덧칠해
가오나시, 붕 뜬 몽롱한 표정

---

1) 가오나시 / 센과치히로의행방불명_캐릭터_가오나시 / [목소리 역: 나
카무라 아키오(中村彰男)] / 정체불명의 괴물로 센을 쫓아다닌다.

사실 넌 몽중 몽 중 몽(夢)
유선의 몸매에 환상적인 핏−트는
아− 너는 올 블랙의 참맛을 아는 거야
이층 책상 위에서 매일 날 내려다보며
차가운 생각들을 내게 불어넣는 거야
꾹꾹 얼굴을 누르면

일그러진 얼굴 네게도 표정이 있고, 가오나시
검은 레인코트 속에는
발톱 대신 다트 몇 발과 장우산 숨기고 다니는
그렇게 믿었었어

네 루우즈 피트 코트 속에서
실은 장미 꽃잎 한 줌씩 흐르는 걸
나는 헨젤 너는 그레텔
흐드러지게 쏟아지는 족적을 따르며
우리는 검은 꽃비를 맞았던 걸

심해어

굳은살을 보았다
산맥처럼 뻗어 죽어버린 피부에
나는 진화의 종, 반문하지도 않고
혈색조차 다르게 번지는 건
머리 위에 겹겹의 수중단층을 쌓는 듯
얼마간의 중력을 더 받고 이룩하는 진화

나는 이종, 민물의 미온적인 일렁임과
가짜 눈요기 루어에 아가미 펄떡이지 않는
뭍에 가까운 지점에 부표처럼 살던 시절
남들처럼 잔뜩 부풀린 부레 속에는
갉아먹은 이름과, 갉아 먹힌 이름과, 뜯어 먹힌 이름과
유년의 이름과, 유휴 년들의 시간
잔잔한 해풍 머금으며
살갗 도려내는 너울에 내 이름은 없었다

기괴한 몸짓으로 꼬리 춤을 추고
청 다랑어 군무 하나 없이
외딴 등불 머리맡에 밝히는 심해
나는 살얼음 끼는 북해의 저변에서
책장처럼 쏟아지는 물살 온몸으로 받기로 해

감각의 밤

생애를 마름질하는 시간
선단 같은 감각이 만드는 태 고개 추켜세우면
홍조를 띄우는 밤하늘 창구 한 켠에 걸린 백목
나를 응시 한다 아니 오롯이 내가 너를—
푸른 옹이처럼 깊고 둥근 하루 어른다
짓이기듯 압화하는 나의 육신
천정(天井)과 지평의 간극도 분별없다
아롱대는 청청함은 턱 끝에 걸터앉아 있다가
즈믄 밤에 코끝까지 차온다
협소하고 싶은 밤의 맥 그 잔등을 타고
밤은 금일의 모퉁이에서 이생의 틈으로 점염 한다
궁창에 내리는 백색 빛 무더기 낮에 그윽할 제
잉태하는 신 새벽
다시 내리는 생(生)의 시간

신시가지 횟집

회 한 점을 젓가락에 끼우며
얼큰한 소주 때문인지 몰라도

그는 고고했다 조금 취기가 오른 듯해도
고행하는 승려도, 성경을 쥐고 자는 이도 아닌데
그는 고고했다 아주 취하지는 않은 듯해도

그는 볼이 불그스레한 롱코트 아저씨였다
속주머니에 항상 발버둥치는 명함 몇 장은
탈출을 꿈 꿨고, 잉크들은 녹아 퇴고되기를 바랬다
달큼한 끝 맛이 혀를 얼얼하게 하는 외딴 밤 즈음에

그는 물질을 하던 해남 이였다
바다의 자궁에서 헤엄치고
양수에 녹아있던 짠맛 나는 것들을
식탁에 올리기 미안하던 凡人, 그는 물에 젖는 게 두려워
혀를 물 컵에 넣어 우려낸다 얼얼함이 희석되는 외딴 밤 즈
음에

그는 아버지 아버지 이건 단상일 뿐 이였다
언제나 긴 한숨을 뱉으면
다 커버린 문수를 벗고 좁은 방 우직이 섰다

물질을 거두고 명함을 만들기 시작할 즈음에
더 커버린 돌들은 시가지로 향했다

자갈 꼼지락 밟히는 횟집 나서며
공병을 주고 몇 백 원을 짤그랑거리고
그는 휘청 걸으면서도 가도에 올랐다
툴툴대며 흐르는 구식 전철처럼
선로를 이탈하지 않는 묵직한 바위가
좋은 아비를 그리며 신시가지 횟집 나선다
달콤한 맛이 나 혀 깨물고
깊은 자상에 좋은 아비를 그리며
신시가지 횟집 나, 선다
나는 그만 멈추는 듯 하며

걸터앉는 일의 낭만에 관하여

점성을 잃은 무언가 되어 어딘가에 비스듬히 걸터앉는 일에
도 낭만이 배어 있다

스포이드 적하하듯 구름에서 떨어지는 물방울들에도 낭만이
한 움큼 담겨 있다

날이 있기에 축이 있고 축이 있기에 날이 있음을 애써 부정
하지 않기로 한다

매일 창 너머 내 발 끝에 걸리는 나무에 손님 찾아오면

혈관을 옥죄듯 세 발 끝 모아 움켜잡고서 나를 올려다보는
놈의 정수리를 보는 일

무척이나 빛나는 황금도 어느 별에서는 무용한 돌덩어리에
다르지 않음을

교정으로 향하다 떨어지던 낙엽을 손에 올리고 그 뭉툭함과
바스락거림에 하는 묵상

발끝으로 걸으며 보도블럭 노랗게 볼록한 부분만을 잇는 시
간들

24 몇 시간씩 생각하곤 해

도서관에서 묵직한 책들을 머리맡에 두고 선잠을 청하는 일
에서 마저

낭만이 머물지 않아 걷기로 생을 마감하는 반듯한 시간들아
비스듬히 걸터 앉아

보다 비스듬히 사선으로 스치는 것들에 대해 얇은 살갗으로
느껴라

걸터 앉아 스케이트 날처럼 의자야, 너는 내 엉치뼈로 날이
섬을 느끼겠으나

엉치뼈야, 너는 내 기울기로 생의 무게를 덜겠으나

경복궁 노송

천년의 삶을 붙잡는 당신을 따라
유구함을 머금은 어느 왕조의 기둥에는
사철 피톤치드 담금질 한 당신이 줄지어 서

싹을 틔우는 날이면
솔잎 향기 머금은 가체
다 자란 은빛 비늘 뱀 비녀로 꽂히면
삐죽한 이파리의 바스락 소란과
자주색 암꽃 숙녀처럼 틔워

헝클어진 머리칼엔 백설 내리고
가녀린 목 고개 내젓고 싶은 하얀 날
중전처럼 품위 있는 노송은
마디마다 귀걸이를 차는 겉씨식물

쌓인 눈을 털어줘야 합니다
관리원의 솔질에 몇 겹 먼지 흩날리고
그 아래 사열하는 적갈색 기둥
열병식 하는 몇 열 횡대로
위에서부터 발굴해 가는 유물이
척추 뼈부터 곧추 세우고 외로이 서

그대와 이름을 나란히 적는 것만으로도

그대와 내 이름 나란히 적는 것만으로도
귓볼에 곧 떨어질듯 한 홍시 열려
까치밥 입가에 묻히려 날아드는 새들
밉지 않아 다 내어주고 그댈 생각해

그대와 이름 나란히 적는 것만으로도
가슴 한켠에 한기 내어주게 되
심장에도 방이 있다니 놀라운 일이지만은
나는 애써 골방에 누워 사시나무 되 몸 떨어

그대 이름 아로새기는 것만으로도
천국과 지옥의 문지방을 밟아
구두 위에 한 무더기 꽃잎이 피는 일과
발톱을 깎는 것처럼
반달 같은 잎새 똑 - 사그라드는 일
그대와 이름을 나란히 적는 것만으로도

미로원

갈라진 혀가 미로처럼 뻗어 나갔다
미뢰에서는 까끌까끌한 솔잎 맛이 났고 섹터A나 섹터B에서
도 달콤한 맛은 없었다
가끔 산수유 열매를 물고 앞을 가르는 다람쥐들이 있었다
놈들은 정원 사이사이에 난 비좁은 구멍을 바람처럼 드나들
었다
시작점이 도착점이 되고
하루 쯤 야영하기로 마음먹은 날에는 다람쥐보다 큰 들짐승
이 어슬렁거렸다

미로가 제 몸 속의 획을 고쳐 나를 숨겨주는 밤도 있었다
그런 밤에 미로는 구불구불한 창자를 움직이는 탓에 복통을
앓곤 했다

아름다운 린덴나무는 내벽을 긁다보니 상처투성이였다 거기
엔 탁목조 쪼고 간 흔적과
나처럼 육상에서 표류하는 자들이 새기고 간 스크래치 오
(五)일 씩 무더기로 있었나
미로원 밖이 섹터 C라고 날아가는 새들이 소문을 냈다 파다
한 소문들, 무성하게 잘잘한 그림자를 만들어 냈다
대공사격을 하듯 놈들을 쏘아 보고는 장벽을 넘으려 발버둥
쳤다 미로는 미로였고 정원은 정원이였고 나는 나였다

구불구불한 소장을 타고 나와도 천국은 없었다 아마도 변기
속 배설한 돈뭉치가 가득했다

그런 당신을 사랑 했네

담 없는 집
그 뒤를 돌아
구름 그리는 냇물
밀려오는 소소리바람에
그곳 이야기를 잠시 나 묻네, 담장에 기대어

여기는 별이 엄청 많네
허무해 보이는 간극 속에도
실은 헤일 수 없는 별들 그득 하다지
아침에 홀로 일어나는 시간이나
이제, 겸상을 두지 않으나
희멀건 접시들 틈 새로
넓어진 반상(飯床) 먼지를 닦는 일
내게 반짝이지 않는 공간은 그저
별 한 줌 없는 허공일지 모를 일이나

나 적색 거성으로 해묵어 가고
나 빛을 날마다 소실해 가고
나 한없이 윙윙거리며
머나먼 인력으로 당신을 그려도
유성의 꼬리를 어슷 썰으며
낙엽처럼 우주를 유영하는

별의 종자들을 갈무리 하는, 나
그런 당신을
사랑 했네

호스피스 병동 나서며

마침 외진 중이시라 길래
편지 남겨요 다 죽은 마음으로
하얗게 긴 긴 복도
포도처럼 가지 쳐 나간 비좁은 방
창가에 네모 반듯이 쏟아지는 살들이
폐포에 양분을 공급하듯 아주 헐떡이데요
곧 터질 풍선처럼 방마다 환부를 안고
울음을 참는 얼굴들은
호상(好喪)이란거 없는 것처럼

나는 줄곧 무신론자라 말 했었죠
죽음을 마주한 침상 위에서 만큼은
신을 찾지 않는 사람이 있을까요
얄팍하지만 당신을 위해 신을 구합니다
아무것도 거들 수 없는
당신의 방 한 켠 에서

준비 된 죽음은 외람뇌세노
슬픔을 가득 머금고 축 처지나 봅니다
언젠가 당신, 몇 개의 촛불로 반짝이던 시간
갈라진 정수리 위로 몰래 불을 꺼 주던
축복의 얼굴

내게 일임된 것은 그저
눌어붙어 볼품없어 진 촛농, 소명처럼
정답게 닦아주는 것인지도 모릅니다

돌아올 때
조화 한 다발 사 갑니다
당신의 가녀린 책상에
죽어서야 사는 놈들 뿌리 내릴 때
나는 아주 죽어버린 마음으로
묵상 합니다

꽃놀이패

부드러운 말들을 우수수 쏟아 내도
까만 돌의 진심이 하얀 돌을 대표하진 않아

투둑 점을 맺는 입찰의 음성
뜨겁게 새겨진 나선의 지문은 아직
돌에 찍혀 다 날아가진 않은 걸

까만 군락의 분투를 바라보며
흰 깃털의 새는
착륙과 이탈을 반복하며
비행운을 그리는 걸

사무치게 아프던 걸
좋은 사람을 만나려면 자기완성부터 되야 한다고
정갈한 말들을 믿었어 나는
무리 없이 발끝으로 땅을 딛고 날아가는 걸 보며
몸짓으로 그리는 언어
의미를 알 수 없는 놈짓에
취해버린 나날들인 걸

바다 도공(陶工)

놈이 머물다 간 곳에
한 움큼의 물결 번진다
무른 갯벌 진흙 흙 밟기도 거치지 않고
물레에 올리지도 않고 하는 성형

이따금씩 오르는 꼬막이나 배로 기는 것들
진득한 흙에 온 몸으로 압인 한다
화석 같은 무늬 미역도 피어나고
부서지듯 밀려오는 파도의 끝으로
씻어 내는 조각 시문

유약한 것들 담금법으로 그득히 바르고
건져 올리는 오늘의 수작
물결무늬, 굽이치는 당신의 넓은 기물에
이내 철새 날아와
족적 하나 찍어 올린다
깊게 파이는 흔적
사금파리 주워 담고 이마 쓸어 올리며
수평을 만드는 파도, 횡-으로 횡으로
도공은 매 순간 표면을 다림질하며
눈시울 파랗게 채워가는 작업

끝눈

아주 봄이라고 말하던 시절
하늘에서 네가 희끗한 전설처럼 내렸다

머리 위에선 하늘이 찢어진 듯 울었고
틈새를 비집고 구름이 흘러 나왔다
흘러나온 털 뭉치들이 머금은 하늘 흘릴 때
나는 땅에서 하늘 냄새가 난다고 믿었다

유난히 눈발이 약한 날이면
천장을 올려다보며 빌던 소원들을 떠올렸다
같은 눈을 맞을 걸 그리면 꽤나 낭만적 이였고
한번 쯤 네 살갗을 스친 놈이
내 손등에 오를 참 이였다

눈은 멎어가는 것 같았다
여느 때와 달리 하늘은 아득해 보였고
몇 개의 절기를 돌아와야 한다는 탓에
눈은 땅에서부터 위로
자꾸만 거슬러 오르는 것 같았다

오이지

엄마 삼일장을 끝내고서야 오일장에 나갈 준비가 되었다. 숭숭 구멍 난 장바구니 틈새로, 바람처럼 엄마 손가락 드나들며 오이 한 거리를 담는다. 제철도 아닌 것이 맘대로 영수증에 오르내려 도마 위에 가로로 눕는다. 도마에 당신 손가락이 살다 간 자리가 남아 버리지 못하고 버릴 수도 없고 오이를 찍어 누른다 횡-으로 횡-으로 투-둑 소리를 내며 나는 미처 소금이 어딨는질 몰라 황망히 섰다.

우두커니 섰다 짠물 흘러 간 짭쪼름이 베어 소금 같은 거 필요도 없고, 숨죽은 오이를 채 썰고 고춧가루 한 움큼 털어 넣는다. 매운맛을 남김없이 쏟아 넣으며 빨갛게 변해가는 걸 바라보며 도마 위 괜스레 손날로 쓱 훑어 내며

다 커서 가장 먼저 갖게 된 당신의 방 시커먼 부엌 한 편에 길쭉하게 서서, 잘려질 날을 기다리는 오이처럼 멍청하게 선다. 반찬통에 몇 할의 압력으로 오이지 꾹꾹 눌러 담는 일과 조금 부족해 빈 공간이 생겨버린 락앤 락 나는 다 커서도 엄마가 그랬던 것처럼 손끝으로 오이지를 집어 맛을 본다. 이렇게 다 커버린 나 당신에게도 한 입 먹여주고 싶은데

입술이 이별을 발음할 때

우리는 살짝 맞닿아있었어
미로처럼 주름진 마디가 채워지길

우리는 살짝 붕 떠있었어
추락하는 것들과
고개를 뒤집으면 거꾸로 오르는 것들

우리는 잠깐 황홀경
그 안에 들어가 있었어
입술이 사랑을 발음할 때
일부러 맞닿지 않아도 그건 사랑이지만

이별을 말할 때
서로 평평해지길 바라며
온기를 나누다
더 세 개 부딪혔는지도 몰라, 그 찰나를

낙석주의

혀 아래에 돌들이 우수수 쏟아진다
하루를 씹다 혀에 물을 주는 일을 잊을 때
건기를 맞은 혀와 그 아래로 매달린 이
케이블로 칭칭 감는 일을 잊을 때

절벽 아래로는 자동차들 질주하곤 했다
그 아래 S자 코너를 비행하는 새
그 아래 구름 같은 게
우리는 구름을 꿰고 누워서도
구름 한 점 떨어지는 걸 두려워하지 않았다

우당탕탕 엉덩이로 계단을 내려와
무수히 쏟아지는 자갈을 주워 담으며
축축한 소매와 그 뒤로 아른거리는
우리는 낯선 층계를 오르면서도
날개뼈에 날개 붙었던 자국 선명하다고
나 믿었었나

누구나 마음속엔 고양이가 산다

날벌레 머리맡에 삿갓 같은 빛 무더기
지금은 갈대마저 고이 누워
긴 긴 하루 위에 금빛 이불 덮는 시간
추위에 몸을 떠는 호롱불 은은하게 점멸하고
골목마다 날 치밀하게 세운 와류
바람은 바스락거리며 낙엽처럼 분다
왼 종일 압력에 시달리던 지평선마저
밤은 허리를 곧게 펴게 한다
경적소리 마저 야면(夜眠) 하는 듯
숨 죽인 야행길
머릿속엔 호각 일렁이는 출근길과 신작로
나는 고양이 과의 동물인가
번쩍이는 두 눈 부릅뜨고
발톱을 땅에 박으며 얻는 반발력
앞으로 기어가듯 하루가 저절로 나아간다
컨베이어 벨트 위의 내 육신이

장막 속의 공평함에 나는 분별없이
주둥이 길게 내빼고 울음을 내 뱉는다
아주 게걸스럽게도
밤이면, 밤이면 동공을 좁게 세우며
털갈이를 했었다 침상 위 나신으로 누워

민무늬 피부를 그루밍 하며
두 발로 걷는 묘인(猫人)의 삶
가끔은 꼬리를 말고 싶었다
갸르릉 대며 엉성한 뺨을 좁히며
새로 난 털들을 추켜세워도 둥지 속에 몸을 말고싶었다

까아만 빌딩숲에 내걸린 포유류의 두 눈
다 커버린 고양이 발바닥은 눅눅하고 딱딱해
갈라지는 굳은 살 발굽을 덧댄 듯

신록 같은 페인트 향을 맡으며 가는 둥지에는
다양한 문수와 또 그에 걸맞은 핏덩이
주둥이를 오물거리며 지 애비를 찾거늘
숨 죽인 야행길
포유류 울부짖는 음성은 혈관을 타고

42 몇 시간씩 생각하곤 해

2부

그래도 누군가 있었을 순간

다운사이드다운 다운사이드2)

구인란에서는 허구한 날 장점만을 구하나
길을 걸을 때 땅만 보고 걷는 게 자신감 부족이라면
나는 사각 보도블럭 틈새에 낀
꽃밥 같은 풀잎을 잘 찾아요
뭉툭한 어금니 고르게 씹으며 평행하게 만드는 일
그런 게 귀사에 필요하지 않은 덕목이라면, 할말 없지만

나는 고르게 쌓인 눈밭 위에 누워서
팔 흔들어 날개 만드는 일을 잘 합니다
나는 누워서 날-으는 천사지만
꿈에서는 구름을 꿰고 바람을 가-르는 무언가
유선형으로 헤엄치며 손끝을 길게 뻗으며
낮게 그득한 것들 어르고 달래는 시간
정량적으로 봉사시간을 기입한 서류 다림질하며
그런 게 선의의 척도라면, 할말 없지만

구깃한 서류 봉투를 쥐고
비틀대는 전철에 올라 헐거운 슬리퍼를 신어
몇 할을 여분으로 둔 커다란 문수를 벗고

---

2) [sing.] 불리핸[덜 긍정적인] 면 /1. 아래쪽. 아래쪽의. 내려가는 듯
   하게./ 2. 형편이 좋지 않은 면.

내가 산 것도 아닌데, 얇은 쇼핑백에 담으면
내가 산 것도 아닌데, 뭐, 어때

소라고둥

당신은 하나의 터
하나의 전생前生
나선의 생애를 걸머지고 아주
잘도 버텨 주었더라
굽이쳐 도는 모퉁이 고둥의 몸 한 켠에는
광주리에서 빠뜨린 절편 같은 것들
아이들의 이름 석 자 모래알로 부서져
정수리를 누르는 삶의 무게
당신을 자꾸만 압화 하더라, 게 놓고서

파도 부서지는 소리 썰물 새어 나가는 소리
당신은 분진이 되어서도
바다일 한다고 펄에 켕기는 것들
다 주워 담는구나, 당신을 희석한 바다로
눅눅한 바다 짠내 바닷말 일렁이는 몸짓
당신 참 바보처럼 살았더라
비워버린 목함을 그리며
석회질의 몸으로 귓바퀴 제어 담는
밀착의 시간
바위닮개 아귀에 악착같이 쥐고
당신이 어르는 바위 곁에서
온 몸으로 파도를 맞는
나는 홀로 쓸려 가더라, 외로이 침전하며

더할 나위 없는 세계와 사인 코사인과 메타포

무릎에서 큐티클3)이 자란다
병명은 알 수 없음에 무게를 더한다
무릎이 뻣뻣해진다 구부러지지 않는 무릎을 보며

앉은뱅이로 살아야 합니다

하루라는 말은 상대적이다 나는 내일 꼭 출근을 해야만 하
고
둔각으로 굽어지는 무릎의 각
바라보며
쓸 데 없는 생각들을 끄적여도

광각 렌즈는 쓸 데 없이 사물을 왜곡시킵니다
SNS에서는 모두가 행복하고
못생기고 추한 사람을 찾기 힘이 듭니다

혼성(混成)의 세계
우리는 굳어버린 무릎들을 달고

---

3) 생물의 체표를 덮고 있는 세포, 즉 식물의 표피세포와 동물의 상피
세포는 그 바깥쪽으로 여러 가지 물질의 층을 분비하는데, 이 층이
굳은 막 모양 각질층의 총칭이다.

우리는 얼어버린 표정들을 담고
우리는 잃어버린 이름들을 삶고
무리는 아궁이 속에서 펄펄 끓어도

연기가 펄펄 오릅니다
솥 안을 휘 저어 내면 건더기 아래에서
구수한 향 피어오를지도 모릅니다

도마뱀 버스

아버지 살던 다리 밑 개울가에는
끊어진 도마뱀 꼬리가 화석처럼 가득해
무거운 살덩이들 웅성거리는 묘지에서
당신을 생각합니다, 묘비 하나 없는 공터에서

그는 탁월한 운전수, 처음엔 자동차 딜러였고
아니 아마도 그는 먼 옛날 한 점에서부터 아직까지
그저 장난감 자동차를 굴리고 싶은
유년의 레일 위일지도
가족여행 때마다 운전대를 잡아야 했던

꽁무니를 떼고 달아날 수도 없는
직사각형 버스, 대형 면허를 쥔 손은
거칠고 또 생각보다 작더라
ㄱ코너에 ㄴ코너를 스쳐
승객과 시비를 가르는 오후, 그저 스쳐갈 객과 허망하게도
집에서는 또 청 코너 홍 코너로 마누라와 들이받고
그에게 나는 떼려야 뗄 수 없는
꼬리 같은 것 이였는지도 모르지만은

바퀴에 눌려 넙죽해진 오브제[4]
묵직한 꼬리를 양 손으로 말아 쥐고

흐르듯 달리는 버스 차창에 앉아
당신을 그려 멍청하게 기일—쭉한 버스 꽁무니
끊고 달아나지 못하는, 머리는 꼬리를
꼬리도 머리를 끊고 달아나지 못하는

---

4) 일반적으로는 물건, 물체, 객체 등의 의미를 지닌 프랑스어이나, 미
술에서는 주제에 대응하여 일상적 합리적인 의식을 파괴하는 물체
본연의 존재 방식을 가리킨다.

돌아온 탕자

노량진의 공기는 차디 차
계단을 다 굽이쳐 내려와도
육교 복판에 서있는 기분
웅크린 싱크 홀, 때론 당신의 위에 서서
무너지는 지축에서도 바늘구멍만을 바라
거리에는 온통 거북이 등딱지를 횡으로 메고
누구는 하얀 거북이, 또 곳간 속의 당신은, 당신은
전신으로 알을 품고 썰물 같은 여생 위
밤하늘 전구의 인력과 지새던 시간

수험번호를 발급받는 일은
외딴섬 로맨틱 꿈꾸며
노량의 섬에 유배당하는
손가락 하얀 죄수들의 머리 거뭇한 탈옥일기
한 평 고시텔에 꿈을 담고서
-학이라는 놈들에게 지문을 칠해 날개 잃은 종이학들
수 많은 피고를 뒤로
돌아온 탕자는 반쪽짜리 표정을 걸쳐
가슴팍에 몇 급으로 점철된 생을 살아가
가슴팍에 헤아릴 수 없는 앙금은
누군가 비이커에 적하해서 생기는 걸까
전신으로 뛰어들어
수장하는 이들이 환원하는 걸까

루모스

우리는 저마다 손끝으로 불을 피워
전등처럼 대롱거리는 손톱으로 하는 점화
손톱이 빠질 듯 욱신거려도
내 키만큼 자랄 큐티클 두려워 주둥이 오물거려

경칩의 개구리처럼 뒷다리를 이완하며
꼬리가 있던 시절을 기억해
상류에 알을 방류하려 더 꾸물대며 어둠으로
차벽을 넘어 천적이 도사리던 밤을 소거하면
남는 것은 포근한 바위 밑이겠지만
돌 틈에 가득한 이끼 무서워 개굴거리네

마법이란 건 없다며 생동 한다 착각하던 유년
거리에는 차가운 입간판만 반짝 거리네
빨간 대야 속 숨죽이며 짠물 빠진 배추처럼
가슴팍에 고춧가루 양념장 칠해질 날만을
배추에게 수성의 시간은 길고도 짧으나
풀잎 사이에 가득할 무언가가 두려워
성급히 토악질 하네
초록색
단물을
혀끝에서 변성된 침 뚝뚝 떨어지고

그런 건 마법의 시약이라도 되는 양
찬란하게도 빛났었다

마법 같은 삶을 저마다 눌러 담고서
흔들리는 촛불만큼 위태로운 점멸
책 속의 이야기라 치부하는 이들에게
내 키만큼 길쭉할 양초 나를 내려다볼까 두려워
녹스[5], *루모스 우리는 비밀 통로에서 벗어나
개량한 투명 망토를 둘러 써
시인은 시인을 살고
학생은 학생을 살고
운전수는 운전수로 살지만
녹스, 루모스 우리는 비밀 통로를 잊지 않아
소용돌이 나선 배꼽에 새겨놓고
절여진 풀잎을 생각하며 뒷다리만 나온 양서류를 생각하며
잊어버린 주문들을 생각하며 생각하며 생각하며

---

5) 루모스(빛을 내는 마법) / 녹스(루모스의 반대 마법) / *해리 포터
   시리즈 중 호그와트의 마법과 주문 1)루모스 – 지팡이 끝에 불빛을
   켜는 주문.

마늘 종

설거지 하는 소리는 언제나 살뜰해
마음의 땟국물 배수관 타고
소용 치듯 흐른다
커튼을 치고 완전한 암전 안으로 들면
하루를 인화지에 새기며 이불은 목까지
눈을 감으며 두려움에 아로새기는 것은
그대 손으로 맞춘 찢어질듯 자명한 종의 알람
창문을 모두 닫은 새벽에는 거실의 압력이 달라
회색 소파의 굴곡에 몸을 맞추는
밤새 당신의 거친 손끝에서 돋아나는 마늘을 봐
새벽같이 일어나 찬거리를 찾으려
서생원처럼 사각거리는 주방
육면의 벽이 육방으로 넓어지는 기분과
손톱에 추를 달아 어설피 칠하는 칼질들
냉장고는 윙윙거리며 금속성 공명을 해
마늘 종 플라스틱 용기에 우겨 넣으며
세싹 돋아 오히려 무용해진 마늘 종
수거함에 버리려 한 움큼을 쥐네

전염성 볼거리 카

거리의 불한당 우리는 백라이트로 볼거리를 켜고
꽁무니로 검붉은 연무 내뿜어
이족보행 인류 영예의 찬거리로 삼으면
네 바퀴로 바퀴 끝에 맺힌 점으로
점에서 짓이기듯 끌려가는 선으로
스키드 마크로 점철되는 生은 영장다운 걸까

부풀은 범퍼 속엔 보형물 가득 채우고
취하지 않아도 갈지자로 가는 주행. 춤추는 계기판 위
좌로 우로 끝없는 도로 위 컨베이어 벨트 아래
꼬리를 물며 꼬리를 내어주는 심정을 다 헤아릴까
전염성의 볼거리는 암전 속에서
붉히는 네온사인 백미러를 흘기며
켄타우로스처럼 상반신 곧추 세우며 기괴하게 스쳐, 가

닻과 돛은 서로를 그리네

1
가라앉는 일을 그리며
떠가는 낭만을 오물거리네
정박의 업에 매이는 치욕은
시시포스의 신화, 닻을 내리며
고개를 추켜 새우고 바람을 꾀는 일
나는 알지 못해 웅크리고 우네

2
바람에 일그러지는 표정
동면의 밤에 동면의 밤에
짭조름한 미역냄새, 벌레처럼 몸을 오르는
선원과 조류와 또 신원미상의 무언가
이부자리 한 번 켜보는 일
나는 알지 못해 꼿꼿하게 우네

3
나는 또 웅크리고 앉아
꼿꼿하게 허리를 펴고 앉아
항만 구석 기둥에 기대 앉아
멀찍이에서 바라보는 선적의 일상
나는 그만 일어서 어데론가 향하려다

앉지도 못하고 서지도 못해
어정쩡한 모양으로
먼발치의 것들의 모양을 눈으로 주워 담네
담을 수 없는 것들을 그리네

피아노 기흉

흰 건반 위 검은 손가락
내상 입은 그랜드 피아노에게
개복술 집도하는 무대 위
아이네 클라이네 나흐트 무지크*를 그리며
클라비어*의 삶을 버리고 싶다고

너는 이방인
목재 위 광택이 흐르는 코팅도
두드리는 야만적인 삶
네 발밑을 보아, 페달은 족쇄야
나선의 선율을 타고 노는 우리와
태생부터 다르네
무대 위로 우아한 현악 합주 흐르고

너는 이종(異種)
장엄한 신년 종소리를 들어본 적 있나
서투깅스리오 부속문 너는 기계에 어울려
네 복강 안을 보아, 현(絃)은 사슬이야
심금을 생각할 겨를 없는 우리와
태초부터 다르네
무대 뒤편까지 웅장한 심벌즈 소리 그득하고

타악과 현악의 초상을 그리며

기흉, 바람난 구멍을 막네

더 떠버린 마음에 한쪽 구멍을 막아도

다른 구멍에서 새 나오는 관악(管樂)

더 떠버린 마음을 막아도

다른 구멍으로 새 나오는

조악한 바람

매장(埋葬)

풍성한 머리칼 반쯤 내밀고
배추는 매장당하고 있던 거야
거름냄새 자욱한 곳에서
허수아비 꽁무니를 바라보며
뽑혀져 찬거리로 오를 날을 바라는지
구덩이 속 오갈 데 없는 신세
배추의 전생은 아마 아주 악랄한 족장
돌널 하나 없이도
수확의 빛 안에 살아도
토양에서 탈주하던 날에는
제 몸 만한 구멍을 만드는 거야
배추가 살다 간 자리에 다른 배추를 심고
축 처진 어깨 새벽이슬 훌훌 털고
거꾸로 매달려 트럭 뒤편에 자리해
네게 시추의 능력이 있다면
몸에 무게를 더해 땅에 숨길을 만들었겠지
반상에 오르는 배추를 풍성하다 해도
삼투를 견디며 흙으로 돌아가는 일이
굴삭의 나날들 보다 처연한 걸
배추는 메도당히고 있던 거야
고랑에 묻혀 얼굴 위로 흙 흩뿌리며
루틴6), 루틴 회전하는 일상 속에서
행복할 거라고

---

6) [명사] 〈컴퓨터〉 특정한 작업을 실행하기 위한 일련의 명령. 프로그
램의 일부 혹은 전부를 이르는 경우에 쓴다.

몇 시간씩 생각하곤 해

거리를
온도를
숨결을
눈빛을
몇 시간씩 멍하니
생각하곤 해

기억을 사리어 뭉쳐
몸을 타래처럼 말고
몇 시간씩 멍하니
생각하곤 해

그 길을
차가운
한숨을
외면을
몇 시간씩 우두커니
생각하곤 해

책 안의 모서리들을 세어보곤 해
얼마나 많은 상처의 가능성을 안고 살아가는지
납작한 날붙이들이 내겐 보였을지
생각하곤 해

바니 바니

게임은 시작
너희는 들러리 당근을 외쳐
아니 네가 귀엽게 그러는 게 나을지도

바니 바니

당근 두 개를 양옆에 던져 주면 너도
얄궂은 내게 꼬리를 흔들어 줄 거야?

바니 바니

아니 네게 당근을 준 건 나였다니까
취기에 기억을 못 하는 거라면 이해해

당근 당근

꼬리를 흔들며 술 냄새 풍기며 거기에서

당근 당근

건너편에 새침하게 앉아서 넌
얄미운 바니 걸

자꾸만 무심하게도 술잔을 튕기고 있잖아

*바니바니 : 대학가의 음주 게임

파상풍

냉동 꽃게를 녹여가는 오후
어선들이 묵직한 군장을 내리고
살이 오른 게는 알을 푼다 하루를 걸머지고
동전 짤그랑 거리는 소리와
몇몇의 생애를 장부에 가격매기며
만년필 사각 이는 소리

서해 오도(西海 五島)를 다녀온 것도 아니면서
놈은 갑각류라는 사실을 잊은 게처럼
껍질 사이로 흐르는 살, 주체할 수 없다
입을 가져다 대고 싶은 기분과
호로록 하고 알알이 들이키고픈 낮빛

놈의 빈틈에 갈라진 입술 맞댄다
놈의 빈틈으로 반 유동성의 살점 흐른다
나는 갈라진 틈 새로 온통 홀린다
사성없이 흘린디 닉탑과 친 갈은적
발아래 구리 빛 동전
눈 흘긴다

이 멋진 시식 혹은
달콤한 입맞춤에 놓는 훼방

파도소리보다 크게 장사꾼들 입찰하는 소리
방파제에 부서진다
파상풍, 쇳독이 잔뜩 오른
철제 혀가 스친 상흔
아리게도 온다

페이스트리

아버지의 주름살에서 밀알 맛이 난다
겹겹으로 쌓여버린 반죽 그 마디마디가
반월 손톱 끝에서 거뭇히 저무는 땟국 가득한 정월

단층처럼 쌓이는 당신의 표정
밑바닥쯤에서 환희가 터져 나온다
신생아 울음소리
나라는 미약한 놈이 당신에게 하나의 세계였고
처음 뒤집기를 할 때에나
앙증맞은 유치로 이유식을 씹을 때에도, 당신이 있었다

집을 나서 거리를 맴돌며
갈색 코트를 입고 낙엽 틈에 섞여
아부지 싫다며 동구 밖까지 질주하던 날
말마따나 하루를 못 버티어 돌아왔어도
당신 이마에 한 층 시름이 쌓였고, 당신이 있었다

시나몬 향 감도는 층과 달콤한 시간들 참
아무렇게나 입주하는 페이스트리
한 입 깨물면 부서지는 맛은
몇 층 빠지면 꽤나 허전할, 치밀한 맛

반쪽이

낭만적이지 비슷한 삶을 산다는 건
동생(同生), 나이는 달라도 우리는 같은 동생 이였다

내가 대학을 가고 너도 대학엘 가고
내가 전역을 하니 네가 입대를 했지만
멀리서 오른손처럼 검은 잉크를 묻히며
에세이 같은걸 쓴다고 그랬었지 넌
태어나고 몇 년 뒤
평생을 반려할 친구가 생겼다는 게
낭만적이지 비슷한 이름표를 달고
목이 마를 때나 운동장을 내달리고 싶거나
또 어디 그늘진 곳에 가 푸성귀처럼 돋아나고플 때
비슷한 지점을 경유한다는 게

네가 소주를 마실 줄 알게 되고
지금은 총을 쥐고 경계근무를 서고
미덥다는 형(兄)을 그려도 우리는 같은 형(形)이였단다

언젠가 내 졸작들을 펼치며
시인이 될 거라며 귀를 만지작거려도
넌 절대 비웃지도 않고 싱거워하지도 않고
그렇게 너는 가끔 듬직하더라

네가 먼저 태어났더라면
나는 너를 동경하고 존경했을 지도
너야말로 아마 좋은 형이 될 수 있었을 거다

언젠가 너도 주물 거리던 꿈들 가져와
내 앞에서 와르르 쏟아 펼치며
뭐라도 될 거라며 눈을 반짝거리는 날
세포 사이에 보이지 않는 끈이 있단다
그렇게 네가 할 거라는 걸 잘 알아
나는 응원 한다
시끄러운 침묵 속에서

종이컵

커피를 다 마시고
커피가 살던 지점 눈으로 훑는다
죽어가며 흘린 진갈색 혈흔

나는 너희를 기억 한단다
펑퍼짐한 몸매에 각설탕 두 개 떨구며
무사 출산을 기원하던 밤, 쌍둥이는 두 배의 행복이라던
또 우리에게 몇 할의 위험이라던
재활용 로고 새겨진 임부복 입고
세라믹 핸드 밀을 손수 돌리던 시간

말랑거리는 혀 우글거리는 뭍으로
웅덩이, 너희에게는 일순 바다일
더 큰 웅덩이로 삼켜져 갔다
침로가 잘못 되었네 엉엉 울어도
카페인 탓 하며 꼭두새벽을 마중하던 밤
종이컵에 검붉은 루주 묻어만 가고
웅덩이, 너희는 인스턴트였는지 모르나

꼬리달린 녹차를 체외에서 수정하라는
선생님의 말씀에 도리어 고개를 저었다
분자 단위로 내 온몸에 점염하던

그 강렬함을, 난

살뜰한 온도를 아직 기억 한단다
코팅지에 열상(裂傷) 입어
우겨져도 다 쓴 종이컵으로

밥 먹었냐

입술이 밀랍처럼 굳어서
붉은 타일이 조각조각 떨어지고 있었어
중문을 열고 들어와
그는 집에서만 말재간이 없었어
책장에는 조조와 제갈량의 책들이 꽂혀
먼지의 탑을 쌓고 있었지만
그는 수십 년 째 같은 중저음으로
밥은 먹었냐고 묻는 걸

그게 참 묘하게 매력이 있어서
퇴근하는 아버지가 기다려지더라
열시 넘어서 오는 그와 겸상을 하기엔 너무 늦어
대답은 항상 같지만
묵직하게 건네는 한 마디가
결코 분절되길 바라지는 않고만 있어
언제나 묻는 것처럼

환상 거미

목 언저리에 삭흔(索溝)이 가득해 매일 밤 교살을 꿈꾸는 팔
각수

발끝으로만 걷는 하루, 관절을 꺾어가며 스스로 내뱉은 점
성에 들러붙지 않기 위하여
꽁무니가 근질거려도 참아야 해 끈적한 토사물들 입으로 입
으로 활자로 내뱉고 나는 교양인
이미 파다하게도 소문 나버린 우울의 시대
아름다운 낙화 뒤에선 쓸데없는 건초들만
거미줄 위 들러 붙네 날벌레 같은 놈들 이제는 교수대 노끈
사이를 유영하고

피뢰침 따위를 부착하지 않는 다 커버린 얼굴들 도로 위를
질주하고

변과 변과 변
점과 섬과 짐이 만나는 지점을 생각해
우리는 모퉁이를 거미집이라 부르고 몸통을 찢는 절편 그
아래서
바닥에서부터 석순처럼 돋아 있는 면을 바라보며, 당신은
나를 아린 시선으로 바라보며

잠

ZZZ

ZZZ

깰 필요가 있나
아침은 우리에게 무얼 말하나

잠든 것처럼 깨고
깬 것처럼 자는가

ZZZ

ZZZ

고요한 수면을 찢고
모닝커피를 들이켜도

꿈속 항간에서 숱한 화제들이
의미 없다 하는 게 유의미한가

ZZZ

ZZZ

알람을 끄고 눈 감으면
더 생산적인가

74 몇 시간씩 생각하곤 해

3부

벽이 내게 기대어 섰다

백조의 호수

한 점이 되어 날아라
그러지 못 할 거면 고상하게
게 웅크리고 앉어라

생채기 난 날개를 접고
엉엉 울어라
발끝으로 수면을 찢고 들어가
남몰래 휘휘 갈퀴를 저어라

언젠가 수심으로 가라앉아
털 없는 입자처럼 옹졸한 끝을 보겠지만

플로랄 나이스하게 그려진 옷을 벗으며
물에 잠겨도 하늘을 날아도
어디서든 너는 나빌레라

사랑니

속 빈 강정처럼 가지런한 것들아
텅 빈 속으로 부는 관현악에
내가 바치는 건 그저 부서지는 랩소디야
빛바랜 창문처럼 매달려
그 무엇도 투영하지 않는 것들아
분칠하고 하루를 직면할 너희가
미온으로 말랑거리는 새치 혀의 몸짓에 놀아나면
때늦은 그제야 나 삐죽하게도 솟아나는 거야
고른 치열을 찢어가며 아주 석고 쐐기 되어
점성 하나 없이 단단한 혀의 망치질에 몸 내어
잇몸 속 수장당한 아틀란티스 온 몸으로 일어나면
내가 없었던 틈새로 소소리바람 마지않던
늑장부리던 공기들 홀몸으로 가둬
얼굴에 라미네이트를 칠한 것들아
외면당한 너의 뒤안길
버섯 같은 치석이 무성히도 돋아나
-스케일링이 필요하다 말 하네
불현듯 나타나 까치 발등에 채어 비상할
말없는 구석에서 침묵의 개화 기다리는 내게
능란한 그대들의 삶이 비할 바는
언젠가 지붕 뒤편으로 떠날 지라도

사랑의 뉘앙스

눈꺼풀에 몰래 오르내리기 시작할 즈음
나는 똑바로 쳐다볼 수 없어서 그냥
소심한 아이로 남기로 했는지도 몰라

칫솔질을 할 때에는
왼손잡이 되 보겠다며
거품을 물고
종으로 외람되게 걷는 게 될 때에도
횡으로 건네는 작은 몸짓에
왼 편으로 가리라 다짐했는지도

창가에 살은 별처럼 내리고
나는 도화살 번져버린 표정으로
총총걸음, 젠 걸음 미숙하게 걸어도
횡단보도를 건너며 흰 건반 음계를 넘나드는
무성의한 걸음걸이 하나
나는 그저 사거리 복판에 멍하니 서
너의 뉘앙스를 그리는 지

아내

밥에서는 자갈 맛이 났다, 바다에 다녀온 것도 아닌데
흰 와이셔츠에 묻은 땟국
욕실에 홀로 서서 흐르는 물에 해감 하는 전신

집사람이 있었다 납작한 접시들을 매일같이 닦으며
또 납작 쇼파에 엎드린 남자를 뒤로한 채
도마 위에서 보다 넙죽 업드린 가재미 바라보는

보채는 아이 어르다 침대에 횡으로 누워
거칠어진 등판을 손으로 더듬는다
비뚤어진 브래지어 후크를 채우며 나는 당신이
축 처지지 않도록 거슬러 안는다
두 아이쯤 길러냈을 유선을 바라보며

배수구 나선을 타고 휘감아 들어가면
다시는 볼 수 없을 것만 같은 유물 같은 하수
하루에 짓눌려 납작한 뒷머리를 쓰다듬으며

당신의 날숨에 나의 날숨을
자꾸만 나란히 맞춘다 숨죽이며

얼음은 개구리, 올챙이 적 다 잊은

흐른 적이 없으니 나는 물이 아닐지 몰라
네가 언 적이 없다고 해서 물이라는 건 아니지만

네모 각진 틀에서 일생을 묵도하며
냉장(冷藏)의 공간을 공간답게 만드는 역군
머리에 성에하나 없고
차디차다 말해도 내겐 온실 속일 네가
알 리가 있나
일생을 갇혀서도 흐르며 흐르는 게 풍류라고
떠드는 네가
나처럼 되겠지만
정주하는 하루와 더 단단하게 익어가는
빙점
누구나 빙점 아래
설익은 얼음조각 곱씹으며 살겠지

옅띤 증산
증기로 변신한 물을 물이였던 물을
물이였던 수증기를 바라보며
얼음, 물이였던 얼음 당신을
흐른 적 없다고 말하는 걸
하늘을 나부끼는 수분을 바라보며

오, 로잘리엔

– 로미오의 첫사랑에게 쓰는 편지

오 로잘리엔 당신에게 불멸의 사랑을 약속해
당신이 처음이면서 마지막인 것처럼
그대의 청청한 머릿결
창문을 열어주오 오, 로잘리엔
그대는 라푼젤 창가로 넝쿨을 드리워
내 사랑을 받을 수 있게
응석받이 발코니 앞에서

당신 앞에서 나는 용맹한 투사
붉은 휘장 어깨 위로 뽐내며
달려드는 우(牛)도 이랴 쳐 내며
내 사랑을 쟁취하겠지

오, 로잘리엔 당신의 입술은 불멸의 묘약
바람 넣은 치마는 한 떨기 장미도 시샘해
치기어린 고백이 아니라
한 평생 당신을 사랑할 자신이

변덕스러운 그림자 길쭉해지며
장미는 잎을 모으며 키득키득 비웃네
당신 긴 머리를 묶고
시침 우각으로 떨어지면 내 사랑이 변할까 겁내

오렌지

시장 안쪽에 구관조 파는 가게에 바다 한 줌이 있었다. 제일 예쁜 놈으로 집어달라는 말에 아무렇게나 채를 쑤시는 주인장. 육지 안에 들었던 바다 평수를 옮겨 작은 집에 입주했고 오렌지 빛깔을 닮은 네 비늘을 보며, 여섯 살배기 조카는 널 오렌지라 불렀다. 아무렇게나 집어진 탓에 오렌지, 너는 내가 배 아파 낳은 혈육도 아니고 옵션을 선택하며 신중히 고른 색색의 옷가지도 아니다. 임의의 수정처럼 문득 찾아온 네가 배 까 뒤집으면 그냥 어디 뒷산이나 변기에 버려야지 하고 생각했었다, 잔인하게도. 오렌지, 작은 어항을 닦으며 굴곡진 수조 곡면 바깥세상을 바라보는 일. 네게 일임된 하루 일과는 막중하게도 그 뿐이지만 네게 나는 하나의 소우주. 머리맡으로 하루에 한 번 먹이를 눈처럼 내리는 일 나는 네게 하나의 계절이요, 물을 갈아주기 위해 손아귀에 잠깐 너를 옮길 때면 꼬리를 첨벙대며 그렇게 널 기억해달라고 좁은 어항 속에 나만을 믿고 사는 비늘갑주 입은 놈 잠영한다고

모이 주는 일을 잊어 네가 거꾸로 배영 하던 날, 그게 그냥 아무렇게나 주어진 물고기일 뿐인데. 나는 수조 앞을 한참 동안 서성였다. 그게 그냥 제일 예쁜 놈으로 휘휘 집어담은 물고기일 뿐인데, 오렌지, 방 안 귀퉁이에 서서 나 헤엄칠 때면 다 커버린 아가미를 펄떡이며 뭍에서 짭조름한 해수

토악질하고. 나선으로 유영하는 너를 나를 너를 나를 번갈
아 보며

외투를 벗으며

소매에 공기를 머금어 잔뜩 부푼 채로
외투는 하루를 살다가 옷장 속
눅눅하게 걸어진다, 꼭 나의 허물처럼
털끝 곤두서 추운 날엔 선택적 냉혈동물의 종
간극 밖에서 마모되길 바랬고, 나 대신에
당신 주머니 속에서 혹시 웅숭 거리는
립밤 같은 거나 잊었을까 서성거리는
거리의 불한당 이였다 나는 그저 또 더운 날에는
당신 없이도 잘 살 거라던. 외투를 벗으며

테이프로 엉겨 붙은 먼지를 떼어지면서도
축 늘어져 나를 감쌀 시간만을 그리는 건
벗어진 채로 몸통 부풀려 의자 밖 유영할 준비하는 일상
꼭 당신 단추 틈새로 열풍 한 줌 머금는다 해도
복고와 구제 그 사이에서 나 당신
가끔 잊는다 해도

탄생

길을 걷다가 지폐를 줍는 행운의 날 동전 몇 닢도 아니고 지폐를 줍는 그런 날, 문방구로 달려가 짱깸뽀를 하며 연금술사가 되던 날. 돌고 돌아 돈이라는 네 몸에 아로새겨진 초상화를 바라보며 너의 발원지를 생각하지 난. 구름을 타고 놀다 배설의 기관을 지나 다시 강으로 휘몰아가는 빗물처럼 번잡한 일생의 너는 잊었을지도 몰라. 네가 하나의 기물 이였다는 걸 네가 코 흘리게 아이의 알사탕으로 둔갑할 때도, 알알이 깨어져 파편이 되어 생채기 난 혀를 감출 때에도. 유년의 시간들을 지나 졸속한 합의금 뭉치와 함께 압인되던 시간 속에도 묵묵히 빛바래 가는 갈색 낯선 지갑 속에서 숙성되던 때에도 너는 잊었을지도 몰라. 네가 어쩌면 속물 이였다는 걸, 미지의 시약으로 연성하는 황금이라도 되는 양 너는 가시 없는 도깨비방망이처럼 뚝딱거리며 거리의 낭인에게 발로 채여, 이리 차이고 저리 차이며 너는 미끈한 몸 구부리며 아주 간사하게도 바람을 타고 놀았지, 기억 하는지

역겹게 때 묻은 네 각질을 털어버리려 해 너에게 회개의 기회를 주려고 해. 문방구 아저씨 손아귀 호롱불 하나 없는 주둥이 속에 잡아먹힐 때에도, 네가 모체를 잊고도 모성으로 가득 차서 어디 순진한 사랑놀이에 한 줌 꽃으로 피어날 때에도 나는 너의 발원지를 생각하지 난, 0 몇 개 달고 그보다 오 하고 벌어진 식구 가득한 집으로 달려가는 난

요플레

입속에선 달그락거리는 소리
반 유동성의 반죽에 힘껏 머리를 박고
흔드는 은빛 꼬리 찬란한 수정

한 움큼 요플레를 담는 오후
입 속에 비워내면
수저에는 손금을 닮아 아무렇게 남는 흰 문양
침과 한데 뒤섞여 나무의 나이테처럼
매 순간 바위를 치는 파도의 부서짐처럼
한 스푼 요플레를 수저에 달아도
이전의 한 입과 같을 수 없다, 완전히

수저를 놓고 허공을 차듯 길에 오르면
하루를 반죽하는 수많은 어깨들과 땀 냄새
나는 새초롬한 얼굴로 일그러지는 법을 배우며
한 점 한 줄로 나아가는 발자국을 피해가려 한다

금속성 수저 씹히는 소리, 소름이 돋으면
반 유동성의 반죽 희멀건 휘휘 젓는 혀 모터처럼
윙윙거리며 꼬리부터 뒷걸음질 쳐 나가는
흔드는 은빛 꼬리 눅눅한 오늘의 착상

홰에 걸터앉은 새처럼

눈을 감으면
창살처럼 내리는 눈꺼풀 안
검붉은 세상이 전부

스며드는 햇빛을 손날로 가르며
눈 붙이면

우리는 홰에 걸터앉은 새처럼
발가락으로 나무의 목을 옥죄인다
차가운 피를 뿜어낼 것이 자명한
하나의 안식을 움켜쥔다

감은 눈 위로 무수히 꽂히는 빛의 살
새장이 되어 우리를 동봉하면
나는 법은 잊고 새장 속에서 날개를 퍼득인다
맑은 피로 공기를 가르며……

이름 모를 새가 창살에 가-로-획 긋는다

간병

늙은 개가 처마 밑을 지키고
조금 기운 지붕에서는
점성을 잃은 빗방울 추락 한다
저마다의 음정으로 그리는 파문波紋에
갈지자로 흔들리는 것들은 앓는 소리 낸다

오래된 소리를 낸다 목청에 추를 달아
오래된 손님과 길벗의 무게를 잰다
늙은 개는 마루 위의 세상까지
오르고 지던 시간을 그린다
멀겋게 뜬 눈 때문에 그저 내리는 것들만
바라보며 사는 삶에 울부짖음이란 없다

앓는 소리를 낸다 끊어진 마음을 점철하면
우산으로 비 오는 하늘 아래
젖지 않은 한 평을 마련하던 시절 그린다
늙은 개를 닮은 털갈이를 하고서
마루에 엎드려 잠을 청한다
내리는 비 마루 아래로 날 휩쓸까
흔들리는 고장난 발톱 나무에 파묻는다

달의 뒷면

달에도 꽃이 피네
닿을 수 없는 야릇한 뒤편
찬란한 금빛 전구를 닮아
둥그렇고 노란 꽃 피워 올리네
무호흡 나비는 날개 펄럭이진 않지만
꽃 틈새마다 향기 머금고 총총걸음 잰걸음
시리게도 어둠 머금은 까아만 밤하늘 위
노른자처럼 고명 올리네

달은 밤하늘에 꽂힌 압정
천구에 무수히 반짝이는 별무리들
별비가 되어 흘러내리지 않게 해
달아, 네가 멈추는 풍경이 아닌
너의 수줍은 뒷면은
어쩌면 황금빛 유성우가 쏟아지는 풍경일까

취업지망생 목장승 씨

암호처럼 능란한 문장들과 마주해
꼬리와 아가미의 힘을 시험하고자
연어 비늘 같은 표정을 지으며
유선형의 춤을 시연하다 그만
박제되 내 걸리네

저무는 밤과 뜨는 밤이 있다면
오늘은 세찬 바람에 문풍지 떠는 밤
어둠이 무섭지 않은 낮은 없다고 믿으며
추위와 그보다 시키먼 어둠을 피해
대청마루 아래에서 털갈이 하는 시간들
호명의 본질에 대해 생각해
하나의 나를 입증하기 위해서
장승처럼 쌓이는 프로파일링 용지
비명 같은 표정을 지르며
가슴팍 음각으로 아직은 오롯한 천하대장군
거뭇한 감투를 쓰고 있는 나는 어데의 녹을 먹나

필부의 도끼질을 기다리며
암호처럼 유려한 문장들과 마주해
연어 비늘 같은 갑주를 두르고
썩은 밑동부터 뿌리 채 황홀한
장승 숨 죽이네

몇 시간씩 생각하곤 해

마우스 패드

그냥 그렇게 태어난 거야
네가 살면서 꿈꿀 수 있는 가장 큰 꿈은
등판을 활보하는 딱딱한 마우스가
간지러운 모퉁이까지 도달하는 일
네 옆에선 숨 가쁜 활자 찍히는 소리와
분주한 모니터 0과 1로 깜빡이는 걸

헤일 수 없는 압력으로 교감하며
백골이 드러난 단층이 되어
풍화와 침식을 전신으로 달게 받고
그렇게 백지장처럼 누워있는 거야

헐벗어 가녀린 새벽에도 배부른 정오에도
그냥 그렇게 누워 세상을 관망해
떠있는 스탠드 불빛은 열기구
그 아래 자리를 바꾸며 계절처럼 탈의하는 연필꽂이엔
그냥이라는 낭만이 깃든 곳은 없어

손목과 만나는 절편은 스펀지마저 날이 서
너를 탓하며 울긋불긋한 하루 낙엽처럼 털어
그저 엷게 드리우는 안개처럼 눌어붙어 살아도
체중을 싣고 딸깍이는 소리

깜빡이는 소리.

무언가를 지우는 소리 고쳐 적는 소리
수분 목 넘기는 소리
너와 유관한 소리 그러면서도 무관한 소리들

마우스 패드, 당신의 시린 낯빛을 다림질하며
그저 어르는 거야
네가 탓하지 않으리라 믿으며

우리는 이름을 부르지

아직 그 흐린 날들 밤을 기억해 그리 대차고 모질지도 않아
부질없던 이야기들은 아직 토악질을 하며 밤마다 오르내리
네
그대 아직 그 여울지게 흐르던 말 틈새를 찢는 차단한 언어
기억해 마음에도 방이 있다면야 잠시 누워 쉬겠지만은, 볕
한줌 들지 않는 그곳 창틀에 사선으로 기대고 서

이름조차 부를 수 없는 사이가 되어도

태초부터 이별하는 법을 잠재한 DNA를 가졌는지 우리는 눈
을 흘기며 깜빡이며 눈물을 삼키는 법을 알고 있네, 배우지
않아도
그리고 또 가끔
우리는 이름을 부르지 곁을 비워도 채워도 우리는 각자의
이름들을 부르지 저마다 강렬하게 죽어버린 얼굴들을, 옹기
종기 저편에 모여 당신 참 별로더라 수근 대고 있는

밤마다 꿈을 꾸고 싶은지 꿈조차 두려운지 고심 하네 괴물
같은 게 나오는 것도 아닌데
이불 안에 똬리를 틀고 누워 밖으로 발이 삐져나오면 누군
가 다리를 잘라가는 것처럼 머리가 튀어 나오면 칼바람이
베어가는 것처럼

봄에 다 와가네 절기를 나누는 게 이유 있는지 감정의 연착
봄에도 가을바람이 접어 부네

유빙(遊氷)

지상의 빙점 속에는
눈 내릴 적의 환멸이 굳어있다

얼음을 부수는 일은
투명함 속에 희끗 고개 내민
그 무엇을 향한 타종일 것이다
순간의 파편은 날선 파열음 내며
사방으로 튀어 오르는 물벼룩처럼
기억의 그늘로 녹아들어간다

세월의 구정물 위에 흡착포 되어
먼지 잔뜩 머금고 어디론가 흐르는 얼음
지각의 단면과 융해되어
오늘의 허물 탈피하는 정화의 업

잘 지내길 바란다는 거짓말을 해

뻔한 이별을 해 나는 쿨 한 사람이라 되뇌이며
더 시시한 말들을 커피 잔에 쏟고
얼음 뺀 걸 시켰는데도 더 쿨 한 표정을 짓고서

사랑노래를 틀지 이별노래를 들을지 이어폰을 빼고
한참을 서성이다 집에 들어가지는 못해

뻔한 이별을 했어 그리고 잘 지내길 바래
내가 바라지 않아도 바라도 변하는 거 하나 없지만
생에 마디마다 넘어지지 않길 바래, 그건 진심이지만

미안한 표정 짓지 말고
친구를 통해 건너오는 소식도 그냥 거기에 놓고
아는 듯 모르는 듯 우리 그렇게 지내기로 해

잘 지내길 바래 나는 가끔 초라해져도
어디서 빛나는 소식
별빛 하나로 내리길 바래, 그건 진심이지만
보란 듯이
잘 지내길 바란다는 말을 해

몇 시간씩 생각하곤 해

점멸

길잡이 하나
하늘 별무리에서 떨어져 유성으로 내려
첨탑 끝에 걸터앉아 등대라는 운명을 살아
검은 파도는 아스라이
밀밭처럼 발 밑에 깔려
하루를 사는 객들에게 잠수를 권해
난파의 굴곡을 유선형으로 벗어난 이들은
빛에도 묵언의 소리가 있다는 것
그저 깜빡일 뿐인 등대를 보며 되뇌어
바다에 뿌리박은 흰 기둥으로
짠물 끌어올려 빛으로 토해내면
주위엔 새우-깡 같은걸 찾는 불한당 뿐
전신으로 탄화하는 살뜰한 온도
첨탑 끝에 걸터앉아 등대라는 운명을 살아

사랑을 인터뷰하다

사랑에 빠진 지 사십 오년 된 어머니께 물었다 도대체 그게
뭐냐고
위해주는 거라 말했다 또는 이해해주는 거라고
하나도 그러질 않으시는 것 같으면서도 잘 사시니
그러려니 했다

친구에게 물었다. 사랑은 없다고 했다
이십 오년 간 솔로인 너에게 물은 건 실책이지만
분명한 건 누군가에겐 사랑은 없고
그 속을 헤엄치던 이도 언젠가
몸 말리려 벤치에 눕곤 했었다

애인에게 물었다. 조금은 다정하게
나를 그저 바라봄으로 대답이 되었지만
무언 갈 원하는 눈빛을 보며
사랑은 인생이라 말 하면, 그런 널 보며
난 네가 너무 귀여워져서 결국
답을 스스로 구하고 만다

집 밖의 집

우리는 집을 지었습니다. 방 하나 뿐인
뿌리 없는 집에 바람세를 내고
유리하나 없는 집을 지었습니다.
잠깐 새들이 놀러와 이야기를 배설하고

우리는 이야기를 심었습니다. 집 밖 어딘가에
집에 누워있던 사랑은 풍장(風葬)하듯 사그리고
목적지 없는 번호를 태운 버스는
목적 있는 걸음마다 사랑을 태웁니다

지붕 없는 집에 들어
꼭 들어야 하는 사람처럼 사글세를 내고
우리는 침을 튀기며 피를 닦았습니다
하늘이 언젠가 비 내릴 듯 어둑했지만
보수 할 겨를도 없이 비가 들었습니다

기자의 애환

조간신문에 칠한
미지근해 아주 말라붙지는 못한 잉크 몇 자
지울 수 없는 몇 년 몇 월 몇 일의 소식은
슬픔으로 마감 한다
종이 살에 새기는 아픔들은 거뭇한 타-투
감정이라는 것을 당연히
사전에서 유물처럼 찾아야 하는 시절을
갑자기 발밑에 두어라 하고
신문(新聞)이 언제부터 곡성이어야 했나

반듯하게 쓰여진 글들은
책장에 꽂혀있는 무엇처럼이나-
흘림으로 마구 휘갈기고 싶은 나날은
새벽을 접어가며 쌓여 간다
누군가에게 행하는 적선처럼
위태로이 걸려있는 글의 조각을 때어
오늘은 기쁘고도 슬픈 소식을 진한나
그것이 나의 몫

취급주의(달력)

해묵은 너를 애써 넘기는 것은
아쉬움의 지문 세로로 칠하는 일
몇 날 몇 월 몇 일의 한 칸에는
살가운 기억들이 옹기종기모여 셋방을 살아
살아지는 것이 아니라 기입되는 거라며
악착같은 문장들을 구겨 넣던 나날들아

빨간 별표가 수놓은 달에는 편지를 쓰세요
예쁜 말들로 학을 접어야 유리병 색색으로 채워
무호흡 학들이 종이허파를 데우면
골방의 작은 창에도 별 하나 뜰 거에요

종이 위에 갈색 팬
나이테 모양으로 아로새기는 금일의 감정들과
춤추는 수사선 색색의 팬들 필기 아래
청 홍실 엉겨 붙는 익일의 계획들
해묵은 달력에 먼지 터는 일은
가을 은행잎을 닮아 노란 폴리스라인 한겨울에 밟는일

컴퍼스 드림

한 다리로 저는 홍학 고고하게도
넌 가끔 원을 그린다. 다리를 쓸며
날개 붙었던 죽지를 쓰다듬는다.

은빛 몸통이 차갑게 식고
옆에는 기계식 자판과 또
기계적인 계산 값들

넌 가끔 타원을 그린다. 다리를 절며
비스듬히 쓰러져 필통에 꽂힌다
으스러진 발끝으로 서 너는 발레를 한다

아귀를 크게 벌리고
연필을 미끼삼아 흔들거린다
기운채로 유영하며 꼬리를 흔들면
어디라도
나아갈 수 있을 것 같아

투신

어제의 난 생동하던 입주민
당신의 정수리 위에서 바스락대던
입을 우물거리던, 가느다란 혈관으로 수혈 받던
손바닥 위에야 나 앉을거라던

질은 밥을 먹고서
그보다 진창 같은 수로에 몸 뉘어
창밖엔 쓸다 만 금빛 은행 동전들이
볼품없는 끝이 아니려 몸 비튼다
당신의 발아래 은행잎을 칠해요
단상에 오르는 늙은 교수의 발과
단상을 마지않는 젊은 청년의 수첩에도
노린내가 난다 내가 저문다는 거
카펫처럼 깔리기 싫어 먼저 몸 던진다

당신의 정수리 위에 소란이 일면
어깨를 털면, 가을 같은 갈색 옷깃 세우면
그 위에 황갈색의 나 앉는다
그저 떨어지는 것이 아니라 –

팬터마임

노트북이 나를 올려다보고 있다 물병은 손대지도 않았는데 출렁거리고 있다. 열병식처럼 줄을 맞춰 책등을 뽐내는 서가에서는 지문을 몸에 묻히는 게 자랑 낱장 사이에 먼지하나 없이 깨끗한 척 모두가 고상한 표정을 짓는다

접이식 스탠드 불빛이 일렁이고 있었다. 잠이 오지 않는 밤에는 그 아래서 날벌레처럼 춤추곤 했었다

말문이 가장 먼저 트인 건 볼펜 이였다. 놈은 씩씩하게도 각진 글자를 적어 내려갔고 나를 올려다보며 하루를 필사하고, 필사하고, 아직 살지 않은 날들의 점괘를 본다. 펜이 누워서 낮잠 잘 때면 버티컬 사이로 햇살이 스멀스멀 피어오르곤 했다. 스며드는 놈들, 창문에 붙여놓은 스티커 모양을 뺀 여분의 빛이 방 안에 들어온다.

누군가를 올려다보고 있었다. 향긋한 아우성을 밤마다 내방에서 피워 올리고, 봉화처럼 한 술로 솟아오르는 신호를 바라보며 나는 숨죽이며 일렁이고 있었다.

어머니의 수업

선생님,
오늘은 마지막 남은 사탕 한 알 꺼내어 물고
병목을 타고 굽이쳐 흘러나옵니다. 미끈한 유리방을
촉각 곤두세우고 매달리는 촉점에
선생님, 살갗으로 느끼는 새벽 공기는 무척 시립다.
정수리에 눈을 숨기면 그 위를 눈썹처럼 가르는 머리칼
저마다 눈을 감고서 그렇게 정수리는
종일 단잠을 자는 모양입니다.
입에서 우물거리던 사탕을 깨버리고 싶은 기분과
바람에 가르마를 타며 하늘을 보며 앞을 내지르며
그렇게 무거운 하루에 메달리라고, 가슴을 저미던 先生님

방으로 접어드는 오후는 분해된 귤껍질 보며
책상 위 무겁게 숨 뱉으며 연민합니다.
꽃잎처럼 갈라진 귤피, 그 속을 궁글던 과육들 토악질 한 모습은
어미의 무엇과도 같으리 하며, 같으리 하며
손톱 노랗게 물들면 봉숭아 들이는 거라던
속살거리는 음성 귤 씹는 소리로 들립다.
선생님, 제 방 여덟 귀퉁이를 마름질하는
끝없는 재봉(裁縫)의 시간은 언제까지

확실한 이야기만 하자면

떠나버린 걸, 당신은
어디선가 낯선 배경으로 숨 쉬고 있을 겁니다
나를 그리진 않을 테고
알지만
나 홀로 이따금씩 딱 생각만 하는 건
그렇게 나쁜 일은 아닐 겁니다. 당신은 바라지 않는다 해도

나는
가끔 걸음을 멈출 겁니다. 갈 길 머지않은 사람처럼
다리를 꼬고 앉아 수더분한 길고양이 같은 걸 보며
야옹 거리며 온 몸을 배배 꼰 채
너는 사랑을 갈구하는 거니? 하고 물을 겁니다
갸르릉 하며 발톱 내 뺀 채로

한 번 쯤 생각 날 겁니다, 내가 낯선 사람이 될 때야
서점에 들러 사랑에 관해 물어도
수친한 플레이리스트
온몸으로 퉁퉁거리는 엘피판 붙잡고
둘 중 누군가는 분명히
엉엉 울 겁니다 마치 처음 이별하는 것처럼
소식도 모르는 그대여

흔들바위

저녁을 다 먹어갈 즈음이면
현관문을 열고 젖은 바위 하나 들어와
현관 앞을 눅눅하게 막고 몸을 털고
거뭇한 우산 접고 종일 떨어지는 낙수
석파당해 구멍 난 문수의 신을 접어

돌 틈새로 흐르는 짠물을 식탁에 올려
숫돌처럼 제 몸 가는 굵은 소리를 내는 시간
굳은살 조각하는 석공의 화실에는
점성을 잃어 아주 잡다한 것들 한 아름
흩어지는 돌조각에 차선을 넘나들던 하루와
바위 같은 주먹 속 구깃한 식권 몇 줌
쌀겨 사이로 자갈맛이 난다
홀로 흔들거리며 내걸리는
우직하게 무거운 심사(尋思)여

설거지

물방울들이 툭툭 튀어 올랐다. 쌓인 접시들이 날 힐끔거렸다
돼지고기 김치찌개를 먹는 날 우리 가족에게 기쁜 시간이지만
기름때 낀 주방 빨간 오일을 닦는 건 한 사람 몫 이였다
잘난 아들은 엄마가 병원엘 다녀와 한 움큼 유산지 점선으
로 꼬리를 무는 약봉지를 보고서야, 설거지를 한다고 부엌
으로 게워져 나왔다
철수세미 같은 게 마음의 내벽을 벅벅 긁어내 설거지를 미
룬 날에는 세제로도 잘 지워지지 않았다.
기름은 기름의 문양을 만들고 물은 물의 무늬를 만들었다.
하나의 볼 안에서 각각의 이미지가 떠올랐다, 나는 방문을
잠그고

돼지고기 육 면의 살점을 깍뚝 썰며 손 위에서 떨리는 너
희를 느꼈다.
미오신과 필라멘트의 상관관계와는 먼 진동 이였다
이 달린 아궁이에 장작 같은 큐브를 넣으며 숟가락 말발굽
으로 내달리는 소리 느꼈다
가벼운 찰과상, 물방울들이 어깨까지 뛰 날았다 날개달린
푸른빛 날치들
엄마는 주방에서 짠물 흘리며 하루 세 번씩 생선들과 분투
했다

갱미니

너는 나와 같은 버들柳잎을 물고 태어났지
그래서일까 이십년 남짓 차이나는 세월 때문일까
사촌 형 이라는 건 원근의 틈에 놓이는 일
와중에 나는 널 핏줄 그 이상으로 생각했는지
커가는 널 바라보며 마디마다 굵어지는 손가락들을 보며
형은 아니 형님은 네가 평생 아가로 남길 바랐는지
세상은 꽤나 멋진 곳 이지만
백 이동과 백 오동 사이를 걸을 때 오르는 와류처럼 가끔은
시리기도 한 걸

갱민아, 네가 다 커버려도 살갑게 부르는 이름
그래도 세상은 벽 없는 전시관이야 눈 깜빡 셔터를 내리면
인화가 필요 없는 사진이 되고
부서질 듯 말랑거리던 네 손이 바람을 휘 가를 때에는 입을
뻐끔대며 발 동동 구르며
너도 무언 갈 주조(鑄造)하겠지

어린 너는 미리 아빠가 되면 어떨까 하는 예제가 되기도 하고
내가 이모에게 받은 사랑을 되갚음 하는 절호의 찬스가 되
어 주어, 뜻을 햇갈려
유모라고 부르던

갱민아, 살뜰하게 부르던 이름들을 기억해
항상 네 주변에서 너를 감싸던 얼굴들을
느적느적 다가오던 겨울 동파의 온도를 미리 감지하던 코끝을

더 멋진 세상을 건네고 싶었지만 미래라고 해서 별 반 다르
진 않겠지, 코 묻은 세상
네가 한자를 좋아했다는 걸 알아?
네가 암행어사 이몽룡을 연극했었다는 걸 알아?
네 코 묻은 세상을 여기 몇몇의 미숙한 어른들이 주워 담고
있어
네가 눈 비비고 혼자서 뛰 다니고 책상에 엉덩이 붙이고 앉
아 아가 때의 모든 걸 다 잊는다 해도
우린 너의 유년과 이별하고 불쑥 커버린 널 맞을 준비를 하
고 있어
– 아주 분주하게도

네가 서 있는 거기 온도는 어떠니 미래라고 해서 별 반 다
르진 않겠지, 코 묻은 세상
가끔 피와 고름의 시간이 올 때
네 이름을 닳도록 부르던 사랑하는 얼굴들을 기억 해 주겠
니?
조금은 세월에 거칠어진 목소리지만
변함없이 네 이름을 부르고 있을 거야
엄마도 이모도 형님도 모두 이생에서 처음 맞는 일이라
조금은 미숙할지라도

토성

썬 블록
황폐한 온 우주에서 나는
부표 하나 없이 떠 온 표류객

발을 딛고 싶었습니다
족적 하나 남길 수 없었지요

주변을 겉돌며 응어리진 가슴으로
얼음꽃을 피웠습니다
사소한 성의
나는 당신 안에서 무중력을 경험합니다

머리맡엔 쏟아지는 오로라
녹지도 않는 꽃잎을 어루만지며
납작한 극점을 바라봅니다

허리춤을 맴도는 일상
위성조차 못 되는 발치에서
바라보고
또 당신을 바라